HEDIDWAN حديدوان

Un conte d'Algérie

écrit par Badiâa Sekfali
et illustré par Janice Nadeau

Les 400 coups

Nous remercions le Conseil des
Arts du Canada de l'aide accordée
à notre programme de publication
et la SODEC pour son appui
financier en vertu du Programme
d'aide aux entreprises du livre
et de l'édition spécialisée.

Nous reconnaissons l'aide financière
du gouvernement du Canada par
l'entremise du Programme d'aide
au développement de l'industrie
de l'édition (PADIÉ) pour nos
activités d'édition.

Hedidwan

a été publié sous la direction de
Catherine Germain.

Design graphique : Andrée Lauzon
Révision : Claudine Vivier
Correction : Anne-Marie Théorêt
Calligraphie : Amine Benzaïd

Diffusion au Canada
Diffusion Dimedia inc.
539, boulevard Lebeau
Saint-Laurent (Québec)
H4N 1S2

Diffusion en Europe
Le Seuil

© 2005 Badiâa Sekfali, Janice Nadeau
et les éditions Les 400 coups
Montréal (Québec) Canada

Dépôt légal – 3e trimestre 2005
Bibliothèque nationale du Québec
Bibliothèque et Archives Canada

ISBN 2-89540-128-4

 حا نجيتك   لو كان ما هما ما جيتك

Devine : sans eux, je ne serais pas venue. Qu'est-ce que c'est ?
(Solution à la dernière page.)

À Mâ, ma grand-mère,
mémoire toujours vivante
de notre histoire.
B.S.

À Sylvie et à Normand
J.N.

Il fut un temps, il y a bien longtemps, où les musulmans se rendaient à La Mecque à pied, faute de moyen de transport. Les plus riches voyageaient à dos de chameau, en caravanes, accompagnés de leur famille, et n'hésitaient pas à distribuer leurs biens à tous les pauvres gens qu'ils rencontraient. Mais les moins riches, eux, n'avaient pour tout moyen de transport que leurs deux pieds qu'ils protégeaient du mieux qu'ils pouvaient, avec de la paille, des écorces ou des peaux de bêtes travaillées.

Le voyage était long, long, tellement fatigant et plein d'imprévus! À celui qui arrivait à destination, on accordait déjà le titre de hadj★, avant même qu'il n'ait accompli les obligations religieuses du pèlerinage.

★**Hadj** (féminin : « hadja ») :
titre que l'on donne à toute
personne qui a accompli
le pèlerinage sur les lieux saints
de l'Islam, à La Mecque.

C'est en ce temps-là qu'un père de famille décida de
se rendre à La Mecque accompagné de ses sept enfants.
Il n'était pas riche et se disait qu'en emmenant ses fils
jusqu'à la maison de Dieu, La Quâaba, il pourrait
leur garantir une place au paradis, faute de pouvoir
leur offrir une vie prospère sur terre.

Ils se mirent donc en route un beau jour, à l'aube.
Comme tous les pèlerins prévoyants, ils s'étaient munis
de provisions de dattes, de galettes de semoule et
de gourdes d'eau.

L'Est se découvrait à eux dans toute sa splendeur; ils pouvaient
admirer les magnifiques couleurs que prenait le ciel
à mesure que le soleil y déployait ses rayons : de mauve
violacé, il devenait parme, puis rose presque blanc, pour
laisser apparaître ce bleu étincelant qui caractérise depuis
toujours les cieux du Maghreb★.

★**Maghreb** : signifie littéralement le « coucher
du soleil » et désigne traditionnellement les pays
musulmans situés au couchant, c'est-à-dire
à l'ouest : la Tunisie, l'Algérie et le Maroc.

Ils marchèrent longtemps, très longtemps, se reposant
à l'ombre d'un palmier aux heures les plus chaudes
de la journée pour se remettre en route dès que le soleil
commençait à décliner. Ils écoutaient alors les bruits
du crépuscule : les jappements d'un chien de garde,
les hululements d'une chouette aux aguets ou le hurlement
d'un chacal se préparant pour la chasse. Mais dès qu'ils
entendaient les grognements sourds des ogres affamés,
ils faisaient halte et cherchaient bien vite à se mettre à l'abri.

Les ogres, en effet, lorsqu'ils n'avaient pas mangé depuis quelques jours, devenaient encore plus féroces qu'à l'accoutumée et dévoraient tout cru tout être vivant qu'ils croisaient sur leur chemin. Leurs mets favoris étaient les petites filles et les petits garçons qui se promenaient seuls pour une raison ou une autre : des enfants égarés dans un bois ou qui, désobéissant à leurs parents, s'attardaient hors de chez eux à la nuit tombée.

Pendant des jours et des jours, les enfants
trottinèrent derrière leur père, portant
chacun un lourd fardeau de provisions
pour ce si long voyage. L'un d'eux dit
un jour à son père : « Père, je suis fatigué,
je ne peux plus avancer. Je veux attendre ici
ton retour et celui de mes frères. S'il te plaît,
construis-moi une maison de paille pour
que je puisse m'y abriter ! » Le père bâtit
la maison demandée et, laissant son fils
à l'intérieur, reprit son chemin en
compagnie de ses six autres enfants.

Quelques jours plus tard, un autre de ses fils lui adressa la même demande, pour les mêmes raisons, mais celui-ci voulut des murs et un toit en feuilles d'arbre. La maison terminée, le père y installa son deuxième fils et poursuivit son voyage avec ses cinq autres enfants.

Las de cheminer vers un but si difficile à atteindre, les enfants demandèrent chacun son tour une maison d'écorce, une autre de roseaux, une de coquelicots et une de brindilles de bois. Chacun pensait être bien protégé dans son abri ; le plus jeune exprima un souhait un peu plus difficile à satisfaire : il demanda une maison de fer. Cette matière, appelée « hedid » en arabe, est à l'origine du surnom dont hérita le petit garçon à la suite de cette aventure.

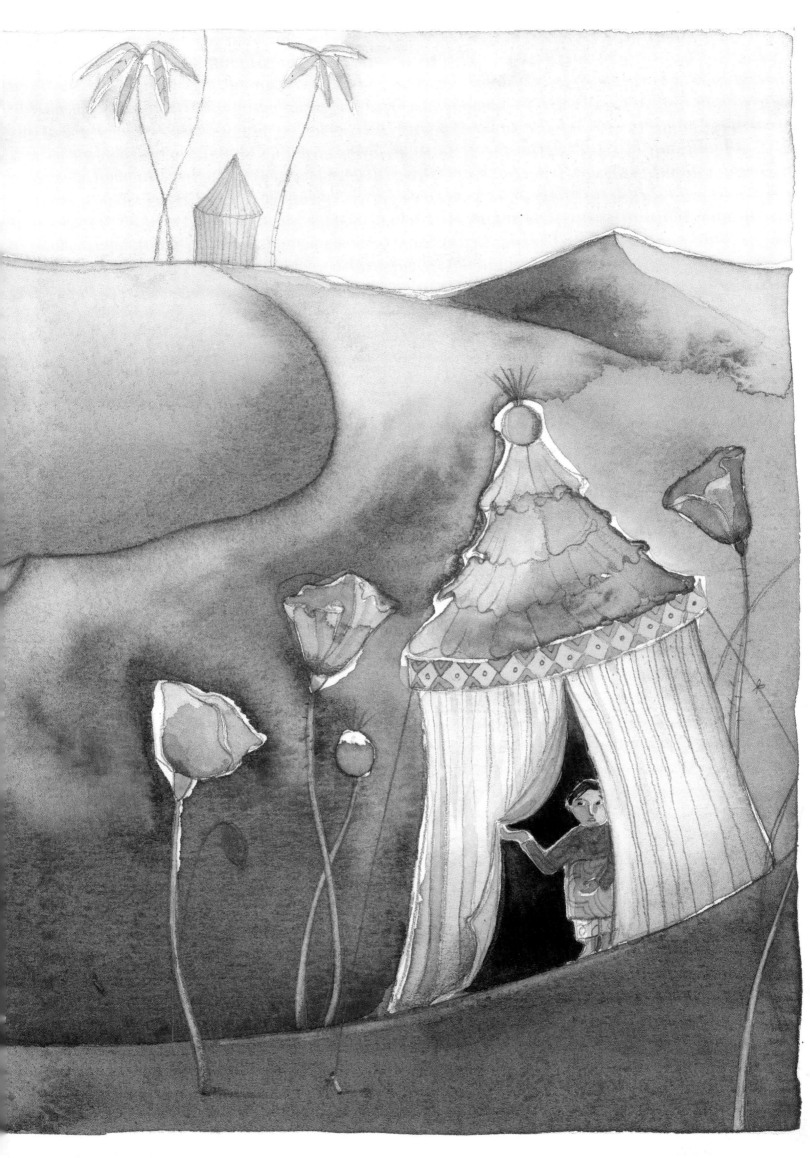

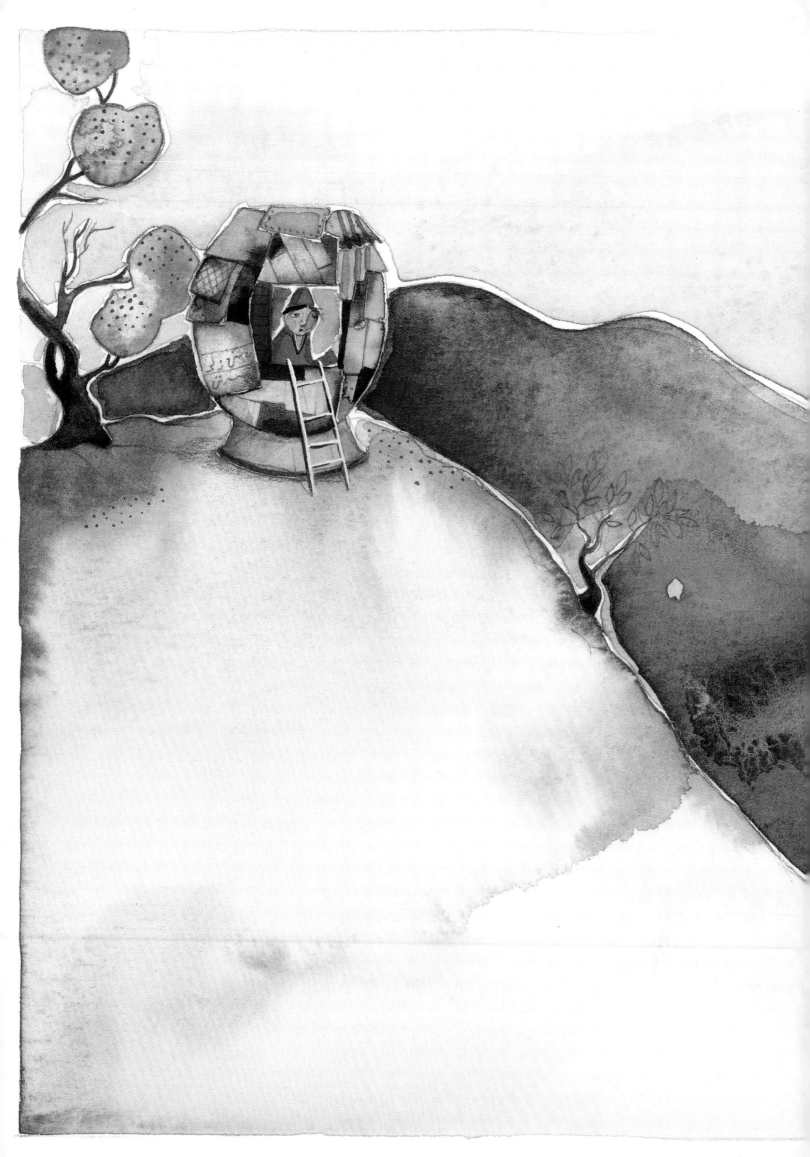

Il ne fut pas facile de rassembler toutes les pièces en fer
qui pouvaient traîner dans la région, de les marteler,
de les assembler pour en faire une toute petite maisonnette
à peine suffisante pour abriter l'enfant seul. Satisfait
de son ouvrage, le père s'en alla, persuadé de retrouver
ses enfants à son retour de pèlerinage.

Mais les ogres affamés veillaient. Humant l'odeur de la chair fraîche, ils se laissèrent guider par leur flair qui les mena jusqu'aux six premiers enfants qu'ils dévorèrent, l'un après l'autre, en même temps que leurs abris trop fragiles.

La maison du plus jeune, en revanche, leur posa un petit problème. Ils l'attaquèrent à plusieurs reprises, mais rien n'y fit : ils rebondissaient sur la surface comme des boules de caoutchouc et leurs crocs acérés crissaient sur le métal. De guerre lasse, ils allèrent se reposer en attendant de revenir à la charge dès le lendemain, car ils étaient persuadés que rien ne pouvait résister à leurs puissantes mâchoires.

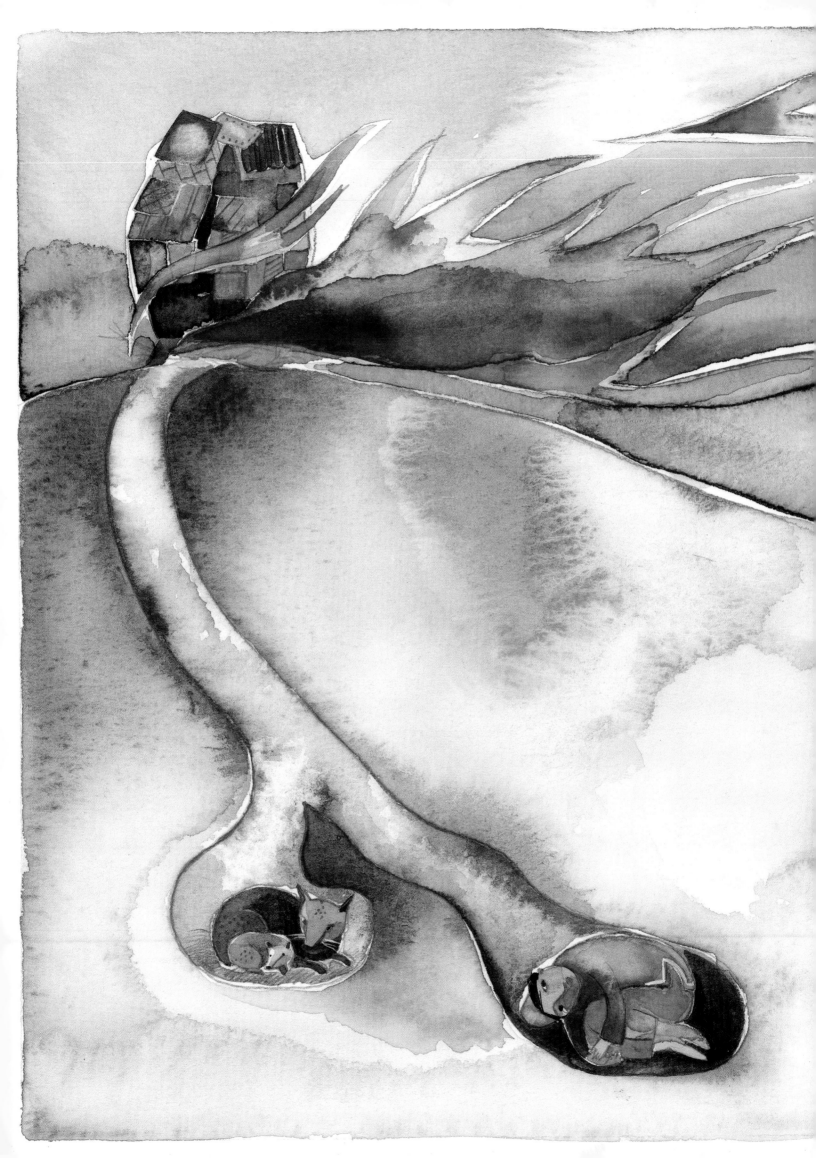

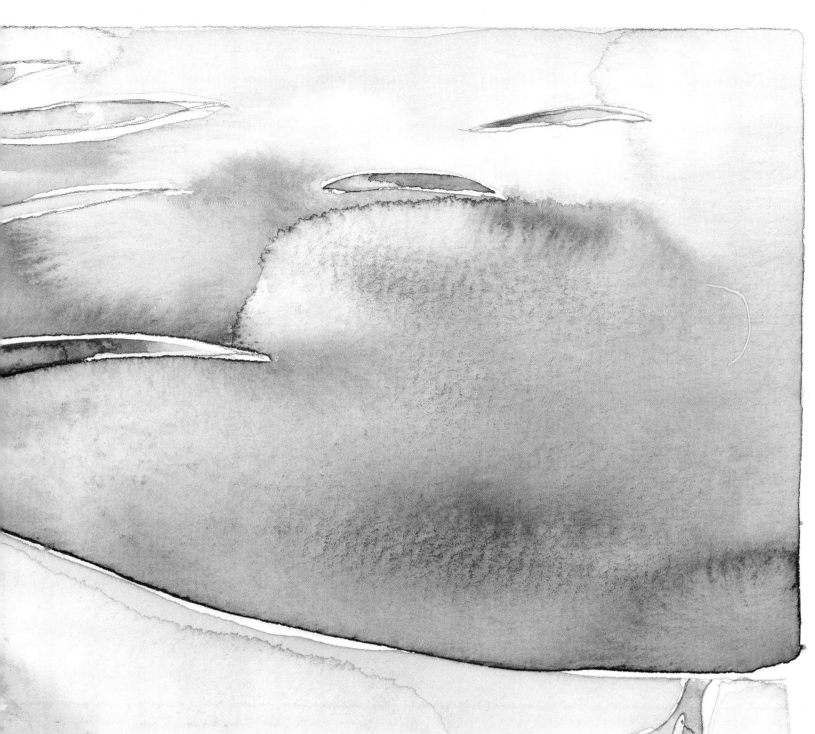

Pendant ce temps, le petit garçon, qui était très avisé, avait creusé le sol pour se ménager un abri supplémentaire sous terre, en cas de danger. Durant la nuit, il se faufila hors de son abri et entreprit d'amasser le plus de fagots de bois qu'il put et les disposa tout autour de sa solide maisonnette. Il y mit ensuite le feu et retourna se cacher dans son abri souterrain.

À l'aube, les ogres revinrent et, voyant la maisonnette toute
rouge, ils crurent qu'elle avait mûri durant la nuit et se dirent
que le petit d'homme allait être encore plus tendre que
ses frères. Ils prirent leur élan et, les uns après les autres,
se précipitèrent sur l'objet de leur convoitise pour y mordre
à pleines dents. Mais dès qu'ils entrèrent en contact avec
le fer chauffé à blanc, leurs crânes furent aussitôt carbonisés
et ils tombèrent raides morts.

Une fois les murs de la maison refroidis, le petit garçon sortit
de son abri et, découvrant les ogres à moitié calcinés, poussa
un grand cri de joie qu'entendirent tous les villageois
des environs. Ils accoururent aussitôt et, voyant les ventres
encore rebondis des ogres, les ouvrirent pour permettre à toutes
les victimes englouties par ces monstres de reprendre vie.

Voilà donc comment le désormais célèbre Hedidwan
retrouva ses frères sains et saufs et débarrassa toute
la région d'une horde d'ogres qui y semait la terreur.
Pour le récompenser, les villageois l'aidèrent à se construire
une maison dont toute l'armature serait en fer.

Et c'est depuis ce jour que toutes les maisons sont bâties avec une charpente métallique.

هذا ما سمعنى   هذا ما قلنى

Tout ce que nous avons entendu, nous vous l'avons raconté !

Solution de la devinette : mes pieds !